Ce livre appartient à :

Casterman
Cantersteen 47
1000 Bruxelles

www.casterman.com

ISBN : 978-2-203-10750-2
N° d'édition : L.10EJCN000539.C002

© Casterman, 2016
Achevé d'imprimer en janvier 2017, en France par Pollina - L79135.
Dépôt légal : décembre 2016 ; D.2016/0053/135
Déposé au ministère de la Justice, Paris (loi n°49.956 du 16 juillet 1949 sur les publications destinées
à la jeunesse).

martine
un trésor de poney

Texte de Jean-Louis Marlier

d'après les albums de Gilbert Delahaye et Marcel Marlier

casterman

Martine, Jean et Paul
adorent aller à vélo
chez leur grand-mère.
Cette fois-ci, elle leur a
promis une belle surprise !

À leur arrivée, les enfants
découvrent deux poneys
dans le champ à côté de
la maison.

— Je veux les caresser !

s'écrie Paul qui court

immédiatement à leur

rencontre.

Les animaux, d'habitude

farouches, accueillent

gentiment le petit garçon.

Patapouf aussi est très curieux !

Mais Jessy, le petit poney,

qui n'a jamais vu de chien,

se lance à sa poursuite.

— Au secours ! aboie
Patapouf en détalant
à toute allure.

— Pour les apprivoiser,
il faut de la patience,
a déclaré Mamie.

Martine a d'abord mis un licol à Princesse, la maman poney.

Ce n'est pas facile !

— Ne lâche pas la longe, Martine ! crie Jean.

Les poneys adorent
qu'on les brosse.
Les trois enfants
cajolent leurs
nouveaux amis en
leur frottant le dos.
— Pas peur, pas peur,
petit poney,
supplie Paul.

La confiance s'installe.

Après quelques jours,
les poneys connaissent bien
Martine et ses frères.

– Va ! Princesse !
Va, dit Martine.
Au pas, d'abord.

Puis au trot.

Oui, c'est parfait !

La crinière légère vole

au vent.

— C'est le plus beau poney

du monde, crie Paul.

Même Patapouf admire

le spectacle !

Princesse s'en sort très bien.
Il faut dire qu'elle a une très
bonne maîtresse !

Martine prononce
soudain les mots
magiques :
— Au galop !
Princesse s'élance,
et galope plus vite
que l'éclair !
Quel beau spectacle !

Paul n'a qu'une envie :

monter sur un poney.

Martine et Jean se chargent

de lui trouver un bel habit

de cavalier dans la sellerie.

Une bombe, des bottes :
il a fière allure !

Pas facile de grimper sur la
selle quand on est haut
comme trois pommes.
Heureusement, Martine
est là pour aider son frère.

Elle a vérifié la hauteur des
étriers, et Paul glisse ses
petits pieds dedans.

– Hop !

— Regardez ! Regardez tous !

Voilà un nouveau cavalier.

Paul est fier, tout en haut
de son poney.

Le lendemain, Oncle
François propose
une activité géniale : une
promenade à dos de poney,
avec campement dans
la forêt ! Un cheval tire la
charrette, et Martine monte
sur le dos de Princesse
pour indiquer le chemin.
Comme elle est contente !

— Vous voici devenus de vrais cow-boys, mes petits neveux, s'exclame l'oncle François. Après cette longue chevauchée, vous avez bien mérité un peu de repos. Oncle François sort alors sa guitare.

Bercé par les jolies
mélodies du Far-West,
Paul ne tarde pas
à s'endormir.

Il rêve de son gentil poney,
et des belles aventures
qui les attendent…

Titres disponibles

1. **martine** petit rat de l'opéra
2. **martine** un trésor de poney
3. **martine** apprend à nager
4. **martine** un mercredi formidable
5. **martine** la nouvelle élève
6. **martine** a perdu son chien
7. **martine** à la montagne
8. **martine** fait du théâtre
9. **martine** et la sorcière
10. **martine** en classe de découverte
11. **martine** se dispute
12. **martine** déménage
13. **martine** et le cadeau d'anniversaire
14. **martine** monte à cheval
15. **martine** la nuit de noël
16. **martine** est malade
17. **martine** fait les courses
18. **martine** drôle de chien
19. **martine** et les lapins du jardin
20. **martine** en bateau
21. **martine** à la mer
22. **martine** et les fantômes
23. **martine** au pays des contes
24. **martine**, princesses et chevaliers
25. **martine** à la maison
26. **martine** et les chatons
27. **martine** à la fête foraine
28. **martine**, l'arche des animaux
29. **martine** garde son petit frère
30. **martine**, la leçon de dessin
31. **martine** et le petit âne
32. **martine** fait du vélo
33. **martine** dans la forêt
34. **martine** et les marmitons
35. **martine** au cirque
36. **martine** en voyage
37. **martine** la surprise
38. **martine** baby-sitter
39. **martine** fait du camping
40. **martine** et son ami le moineau
41. **martine** se déguise
42. **martine** protège la nature
43. **martine** fait de la musique
44. **martine** prend le train
45. **martine** en vacances
46. **martine** en montgolfière
47. **martine** au zoo
48. **martine** et le prince mystérieux
49. **martine** en avion
50. **martine** fête maman
51. **martine** à la ferme
52. **martine** et les quatre saisons
53. **martine**, vive la rentrée !
54. **martine** fait la cuisine
55. **martine** au parc
56. **martine** fait de la voile